Katia

Ein erotischer BDSM-Thriller

Erika Sanders

Katia
(Ein erotischer BDSM-Thriller)

Erika Sanders
Serie
Herrschaft und erotische Unterwerfung

Zusammenfassung

Katia ist eine junge Auswanderin aus Osteuropa, die als Begleitperson in einer Begleitagentur arbeitet, um Aufenthaltspapiere zu erhalten.

Eines Tages wird ihm ein sehr verlockendes Angebot angeboten, das jedoch Schmerzen mit sich bringen würde, vielleicht viel Schmerz.

Wird er dieses seltsame Angebot annehmen können, um seine Ziele zu erreichen?

Katia ist ein Roman mit stark erotischem BDSM-Gehalt und wiederum ein neuer Roman aus der Erotic Domination-Sammlung, einer Reihe von Romanen mit hohem romantischen und erotischen BDSM-Gehalt.

(Alle Charaktere sind 18 Jahre oder älter)

Anmerkung zum Autorin:

Erika Sanders ist eine international bekannte Schriftstellerin, die in mehr als zwanzig Sprachen übersetzt wurde und ihre erotischsten Schriften, weit entfernt von ihrer üblichen Prosa, mit ihrem Mädchennamen signiert.

Index:

KATIA
(EIN EROTISCHER BDSM-THRILLER)
ERIKA SANDERS

KAPITEL I

Katias langer, prächtig geformter Oberschenkel schimmerte auf seiner gesamten Länge wie flüssiges Gold von der warmen Sonne, die durch das Fenster über das geschmackvoll eingerichtete Büro strömte.

Ihr kurzer grauer Rock trug wenig dazu bei, ihre Beine in festen Designer-Strümpfen zu verbergen.

Sogar die Sekretärin, die Katia durch das Glas und hinter der Sicherheit ihres Stahltisches beobachtete, fühlte sich gezwungen, die Perfektion der Besucherfigur zu bewundern.

Trotz des ständigen Stroms gut gekleideter und attraktiver Männer und Frauen, die durch die Türen der 'Dream Job Executive Placement Agency' gingen, war Katia eindeutig außergewöhnlich.

Ihre außergewöhnliche Schönheit war einer der Gründe, warum sie vor dem Büro von Anthony Robson, dem Geschäftsführer und Eigentümer der Agentur, wartete.

Katia sah sich in dem teuer dekorierten Büro um und lächelte.

Er fragte sich, was die anderen Mieter dieses exklusiven Gebäudes gesagt hätten, wenn sie erkannt hätten, dass das eigentliche Geschäft seines Nachbarn darin bestand, die Reichen und Berühmten mit Prostituierten zu versorgen.

Katia wurde in Osteuropa in einer guten Familie geboren und ist dort aufgewachsen.

Er hatte gerade sein Wirtschaftsstudium abgeschlossen, als eine Kombination aus volatiler Politik und dem russischen Mob seine Eltern ruiniert hatte, die tot in ihrem Schlafzimmer aufgefunden wurden, was das offensichtliche Ergebnis eines Selbstmordpakts war.

Katia hatte ihre Zweifel an der wahren Todesursache gehabt, aber sie war schlau genug, um still zu bleiben.

Als er das College abbrach, befand er sich auf dem Arbeitsmarkt in einem Land voller williger Arbeiter und weniger Jobs.

Er erkannte bald, dass er seinen Weg nach Westen machen musste, um irgendeine Zukunft zu haben.

Für die nächsten Monate verdiente Katia ihren Lebensunterhalt als Model für die vielen ausländischen Fotografen, die in ganz Osteuropa und Russland im Überfluss anzutreffen waren.

Trotz zahlreicher Angebote lehnte er es ab, in pornografischen Filmen oder Fotos für eines der großen Magazine und Websites zu spielen.

In jeder Modellierungssitzung tat sie ihr Bestes, um Freunde zu finden, und nutzte die Gelegenheit, um nachdenkliche und aktuelle Fragen zu stellen.

Schließlich beschloss er, Großbritannien ins Visier zu nehmen und fand mit Hilfe eines seiner neuen Freunde die richtige "Verbindung".

Mit einer sorgfältigen Auswahl von Fotos aus ihrer Modellierungsarbeit stellte sie einen Lebenslauf zusammen und schickte ihn per E-Mail an ihren potenziellen neuen Arbeitgeber.

Eine Woche später erhielt er einen Anruf von Anthony Robson und eine Einladung zu einem Interview mit einem seiner "Talentjäger".

Sie trafen sich in einem zurückhaltenden Restaurant und unterhielten sich mehr als eine Stunde lang.

Er stellte Katia Fragen über ihre Vergangenheit, ihre Ambitionen und Angelegenheiten im Allgemeinen.

Er fragte sie auch nach ihren sexuellen Gewohnheiten und Geschmäcken, von denen einige an die Obszönität grenzten.

Katia bemerkte bald, dass sie untersucht wurde und war darauf bedacht, ihm offen zu antworten und ließ sich von seiner unhöflichen Art nicht verführen.

Schließlich machte ihm der Personalvermittler ein Angebot.

Im Gegenzug für einen dreijährigen Servicevertrag würde die Agentur Ihnen ein großzügiges monatliches Mindesteinkommen garantieren und sich um Ihren Transport nach Großbritannien kümmern, einschließlich aller erforderlichen Einwanderungsdokumente.

Das Beste ist, dass sie mit drei Jahren garantiert ihre Staatsbürgerschaft in Großbritannien oder den Vereinigten Staaten erhalten hat.

Katia wusste, dass viele dieser Versprechen oft bedeutungslos oder falsch waren.

Alle seine Kontakte hatten jedoch viel über Robson und seine Organisation gesprochen.

Er hatte den Ruf, sein Wort zu halten.

Und da sie wenig zu verlieren hatte, unterschrieb Katia den Vertrag ohne weitere Diskussion.

Sie war jetzt eine erstklassige Eskorte.

KAPITEL II

Während ihrer ersten Woche in London belegte Katia einen Kurs in Verhalten und wurde von mehreren Top-Mitarbeitern von Robson unterrichtet.

Sie machten sie mit den neuesten Moden, dem heißen Klatsch, der die Gesellschaft umgab, sowie den Namen und Hintergründen der Reichen und Berühmten bekannt.

Im Rahmen dieses Kurses musste sie Sex mit einem Mann und einer Frau haben, die sie zwischen sich allen möglichen sexuellen Aktivitäten unterworfen hatten.

Angetrieben von der Entschlossenheit, niemals in die Armut ihrer alten Heimat zurückzukehren, schloss Katia mit Bravour ab.

Katia ließ sich bald in ihrem neuen High-Society-Leben nieder und fand es größtenteils angenehm, auch wenn die Männer, die sie unterhielt, manchmal rücksichtslos und fordernd waren.

Sie hatte drei Monate gearbeitet und war gerade in eine neue Wohnung gezogen, als sie einen Anruf von Robsons Sekretärin erhielt.

Sie sollte am nächsten Morgen an einem Treffen mit Mr. Robson teilnehmen.

Von diesem beispiellosen Ereignis geschockt, verbrachte Katia die Nacht damit, sich an jede reale oder imaginäre Straftat zu erinnern, die sie in Schwierigkeiten gebracht haben könnte.

Der Gedanke, dass sie gefeuert und aus ihrem neuen Leben geworfen werden könnte, erschreckte sie.

KAPITEL III

Katia hatte fast eine halbe Stunde vor Robsons Büro gesessen, als eine andere Frau hereinkam und sich neben sie setzte.

Katia hatte diese Frau noch nie zuvor getroffen, aber sie passte zum allgemeinen Profil der Begleitpersonen der Agentur.

Sie hatte schwarze Haare und war kleiner als Katia.

Sie trug einen engen und straffen schwarzen Lederanzug, der deutlich zeigte, dass ihr Körper schön, kultiviert und gut getönt war.

Der warme, moschusartige Geruch des Leders, kombiniert mit dem Parfüm und dem natürlichen Geruch der Frau, drang in Katia ein, die sich umdrehte, um ihn anzulächeln und zu nicken.

Die Ankunft der Frau schien ein Signal zu sein, und Augenblicke später blickte die Sekretärin von ihren Unterlagen auf und bedeutete den beiden, Robsons Heiligtum zu betreten.

Katia klopfte an die Tür und öffnete sie.

Als die beiden eintraten, sahen sie ihren Arbeitgeber Anthony Robson vor einem Sofa stehen und großzügig lächeln.

Ein niedriger Tisch wurde mit Tee und Keksen gedeckt.

Katia fühlte sich ein wenig entspannt, da das Szenario nicht zu einem Verweis oder einer Entlassung zu führen schien.

"Ladies, willkommen", sagte Robson und breitete die Arme aus, als wollte er sie umarmen.

"Setz dich bitte", sagte er und deutete auf die Stühle auf beiden Seiten von ihr. 'Tee?'

Beide Frauen nickten.

Katia konnte sehen, wie sich ihre eigene Verwirrung im Gesicht der anderen Frau widerspiegelte.

Sie hatte noch nie von einem Mitarbeiter gehört, der auf diese Weise geehrt wurde.

Ihre Aufmerksamkeit kehrte zu Robson zurück, als sie hörte, wie er sich räusperte, um sie anzusprechen.

„Ich freue mich sehr, Sie heute kennenzulernen. Es kommt nicht oft vor, dass ich sozusagen mit den Truppen sprechen kann «, sagte Robson, der sich wie ein typischer Boss-Cartoon der alten Schule anhörte.

Doch seine Augen verrieten den scharfen und berechnenden Intellektuellen, der ihn an die Spitze seiner etwas düsteren Industrie geführt hatte.

„Ich denke, ich sollte mich zuerst vorstellen. Katia, das ist Samantha, Samantha, Katia. '

Die beiden Frauen nickten sich höflich zu und nutzten gleichzeitig die Gelegenheit, um das Vermögen und das Aussehen der anderen Frau umfassender einzuschätzen.

Katia sah, dass ihre ersten Eindrücke von Samantha richtig waren, und bei näherer Betrachtung sah sie noch agiler und pantherhafter aus als zuvor.

Ihre großen dunkelbraunen Augen schienen ihr scharfes, kantiges Gesicht zu überwältigen und sie wie ein räuberisches Modell aussehen zu lassen.

Robson stellte seinen Tee ab und fuhr fort:

'Die Agentur wurde von einem sehr prominenten Kunden kontaktiert, der eine eher ungewöhnliche Anfrage gestellt hat. Aufgrund der Bedeutung und des potenziellen Nutzens, die erzielt werden können, wenn wir diesen Kunden zufrieden stellen können, habe ich zwei unserer besten Mädchen für diesen Job ausgewählt. ' Er nickte und sah jede Frau der Reihe nach an. „Samantha, wenn Sie den Job annehmen und zur Zufriedenheit des Kunden arbeiten, erhalten Sie das Zehnfache Ihres regulären Tarifs. Katia, ich vermute, deine Belohnung wird noch größer sein. Wenn Sie in diesem Job gut abschneiden, verzichtet die Agentur auf den Rest der Vertragsbedingungen und organisiert Ihre Staatsbürgerschaftsdokumente.

Katia spürte, wie ihr Herz höher schlug, als sie Robsons Worte hörte.

Er bot nicht nur seine Freiheit, sondern auch die Möglichkeit, der Angst, in die Verzweiflung seines früheren Lebens zurückkehren zu müssen, dauerhaft zu entkommen.

Das sanfte Lächeln ihres Arbeitgebers brachte ihre Gedanken jedoch zurück in die Realität.

Robson hatte noch nicht gesagt, was von ihnen als Gegenleistung verlangt wurde.

„Ich werde nichts Verbrecherisches tun. Noch dass es Kinder oder Drogenverkäufe gibt ", sagte Katia." Wenn ich so ein Leben gewollt hätte, wäre ich zu Hause geblieben. "

Aus dem Augenwinkel sah sie, wie Samantha sie mit hochgezogenen Augenbrauen beobachtete.

Robson sah verletzt aus, anscheinend verzweifelt, dass Katia seine Motive vermutete.

»Nein, das ist nichts dergleichen«, sagte er kopfschüttelnd. „Ich werde es dir erklären. Unser Kunde ist Virginia Williamson, ehemalige Frau von Joseph Williamson.

Katias Augen weiteten sich überrascht.

Joseph Williamson war der Gründer und CEO eines der größten Verteidigungsunternehmen in Europa.

Sein spektakuläres plötzliches Verschwinden während einer Demonstration eines neuen Raketenabwehrsystems, das Williamson zu einem Supermillionär machen und Verteidigungssysteme auf der ganzen Welt revolutionieren sollte, hatte tagelang die Schlagzeilen gefüllt.

'Damen. Williamson kam durch eine Freundin von uns und zeigte Interesse an unseren Dienstleistungen. ' Robsons Verhalten änderte sich, als er anfing, über Geschäfte zu reden, und er schien eher der hochklassige Zuhälter zu sein, der er wirklich war. Sie hat darum gebeten, dass wir ihr zwei Frauen für eine BDSM-Sitzung zur Verfügung stellen. Sie will jedoch keine erfahrenen Unterwürfigen, sondern "normale" Frauen.

Samantha nickte langsam verständnisvoll.

Als Robson sie ansah, zuckte er die Achseln und sagte:

'Warum nicht?'.

Katia zögerte.

Der Gedanke an Schmerz machte ihr keine Angst, aber sie befürchtete, dass sie diesen Kunden nicht zufrieden stellen und daher Robsons Zorn riskieren könnte.

'Warum hast du mich gewählt?' Sie hat ihn gefragt.

"Eigentlich war Mrs. Williamson diejenige, die Sie aus unserem Videokatalog ausgewählt haben", antwortete Robson, als seine Augen sich angesichts von Katias mangelnder Begeisterung verengten.

Katia wurde plötzlich klar, dass sie Mrs. Williamsons Hauptwahl gewesen war.

Sie nickte und lächelte ihren Chef an.

"Ich hatte Angst, ihren Geschmack nicht befriedigen zu können", erklärte er, "aber wenn sie mich ausgewählt hat, freue ich mich zu gehen."

"Gut", sagte Robson, lächelte erneut und rieb sich die Hände wie ein Händler, der gerade einen Deal über einen harten Verkauf abgeschlossen hatte. "Und denken Sie daran, sie zahlt einen höheren

Preis, denn was auch immer sonst passiert, das ist keine ernsthafte Verletzung in der Sitzung", sagte er und hob nachdrücklich eine Augenbraue.

Beide Frauen nickten.

Katia konnte sich keine Antwort vorstellen, die nicht ängstlich oder prahlerisch klang, also gab sie nur ein zustimmendes Geräusch von sich.

"Sie beide werden morgen um zwei Uhr nachmittags bereit sein, nach Hause zu gehen." Sagte Robson.

Katia erkannte, dass dies der Abschied war und stand auf, um zu gehen.

Robson winkte ihr vage zum Abschied.

Als er bemerkte, dass Samantha nicht versucht hatte zu gehen, zögerte er.

"Mach weiter, Katia. Ich habe noch etwas mit Samantha zu besprechen", sagte Robson und lud sie aus dem Büro ein.

* * *

Katia verließ das Gebäude.

Sein Geist füllte sich mit widersprüchlichen Gedanken und Emotionen.

Sie war Robson gegenüber nicht dankbar, da es der Kunde war, der sie ausgewählt hatte, und sie zahlte ihr wahrscheinlich eine unglaubliche Gebühr.

Sie hatte lange genug gearbeitet, um zu wissen, dass wirklich attraktive, noble Frauen, die bereit waren, ernsthafte Strafen zu akzeptieren, äußerst selten waren, also war Robsons Angebot fair.

Sie war auch besorgt, da sie noch nie zuvor geschlagen oder gefoltert worden war.

Als sie auf dem Heimweg hinten im Taxi saß, klemmte sie sich vorsichtig den Oberschenkel und versuchte sich vorzustellen, wie sie mit Frau Williamson lächelte und flirtete, während ihr ganzer Körper voller Schmerzen war.

* * *

Katia saß auf der Bettkante, sah sich im Spiegel an und nickte.

Die Auszeichnung hat sich gelohnt und sie war entschlossen, dieser ungewöhnlichen Kundin zu gefallen, egal was sie kostete.

Nachdem Katia sich entschieden hatte, schlief sie in dieser Nacht tief und fest, ungestört von weiteren Zweifeln.

KAPITEL IV

Katia verbrachte den nächsten Morgen im Salon, arbeitete an ihrem Körper, rasierte und schnitt ihr Schamhaar und rieb die Lotion in ihre Haut, bis sie glühte.

Nach einem leichten Mittagessen mit Salat und einem Glas Weißwein wurde sie von einer gemieteten Limousine abgeholt.

Samantha war bereits im Auto und es war ebenso makellos sauber.

Sie trug einen schwarzen Wollrock, der knapp unter die Knie fiel, aber fast bis zur Hüfte einen Schlitz in der Seite hatte, einen dunkelbraunen Rollkragenpullover und passende Stiefel sowie eine übergroße cremefarbene Lederjacke. .

Katia war froh, dass sie sich entschieden hatte, eine taubengraue Jacke und einen Rock mit einer cremefarbenen Seidenbluse zu tragen.

Ihre gegensätzlichen Erscheinungen würden nur die Unterschiede zwischen den beiden Frauen hervorheben und dem Klienten ein wenig Abwechslung und Auswahl geben.

Katia war überrascht zu sehen, dass ein Smartphone an Samanthas Taille befestigt war.

Es war eine Regel, dass in der Agentur niemand ein Telefon trug.

Die Agentur stellte keine Begleitpersonen für das "Fasten" in Hotelzimmern zur Verfügung, und das Verbot von Smartphones diente nur dazu, die Tatsache zu betonen, dass Mädchen niemals einen Kunden überstürzen oder den Kunden ignorieren sollten, während sie telefonieren.

Samantha bemerkte Katias Überraschung und lächelte.

'Befehle vom Chef. Er möchte sicherstellen, dass alles zu Mrs. Williamsons Zufriedenheit ist «, sagte er und tippte mit einem gepflegten Fingernagel auf das Telefon. 'Keine Sorge. Ich werde es ausschalten, wenn wir dort ankommen. '

Das Auto hielt vor der Haustür an.

Das Sicherheitspersonal muss die Fahrzeugnummer und Fotos der erwarteten Insassen erhalten haben, da die Tür geöffnet wurde, bevor der Fahrer die Möglichkeit hatte, die Gegensprechanlage zu erreichen.

Als sie vor dem Haus ankamen, warteten sowohl Katia als auch Samantha darauf, dass der Fahrer ihre Türen öffnete, bevor sie das Fahrzeug anmutig verließen.

Die Haustür stand offen und ein dunkel gekleideter Butler wartete dahinter.

"Mrs. Williamson wartet im Wohnzimmer auf Sie", sagte er, als sie sich näherten. "Bitte gehen Sie hier herum."

Der Butler gab keinen sichtbaren Hinweis darauf, dass er sich ihres Berufs oder des Zwecks ihres Besuchs bewusst war.

Katia war sich sicher, dass sie alle Details kannte und es vorgezogen hätte, wenn sie durch den Serviceeingang eingetreten wären.

Der Butler klopfte leise an die Wohnzimmertür und verkündete: "Ihre Besucher sind hier, Ma'am."

Er trat zur Seite und führte die beiden Frauen in den Raum.

»Mach die Tür zu, Phillip. Sie dürfen uns aus keinem Grund unterbrechen, es sei denn, ich rufe Sie an ", sagte Virginia Williamson und erhob sich von ihrem Stuhl.

Er wartete darauf, dass sich die Tür schloss und der Butler wegging, bevor er wieder sprach.

Lächelnd sagte sie:

'Herzlich willkommen. Ich freute mich darauf, sie zu sehen. '

»Du musst Katia sein und du, Samantha«, fuhr er fort und nickte jedem von ihnen zu.

Katia und Samantha lächelten und winkten zurück.

Mrs. Williamson machte keine Anstalten, sich die Hand zu geben, und so warteten beide darauf, dass ihr Klient angab, wie er vorgehen wollte.

"Setzen Sie sich und lassen Sie uns einen Moment plaudern", sagte ihre Gastgeberin. "Oh, und bitte können Sie mich Virginia nennen."

Er wartete, bis sich die beiden Mädchen gesetzt hatten, bevor er fortfuhr.

"Lassen Sie mich Ihnen ein paar Informationen geben, damit Sie verstehen, was ich von Ihnen will."

Er hielt einen Moment inne, um seine Gedanken zu sammeln.

Ich habe meinen Mann für sein Geld geheiratet, und er wusste es. Es gab keine Illusionen auf beiden Seiten, aber bitte denken Sie nicht, dass alles trostlos und söldnerisch war. Wir verstehen uns sehr gut und bilden ein gutes Team. '

Virginia lächelte.

„Sie müssen sich fragen, warum ich ihnen all diese prosaische Geschichte erzähle. Nun, ich bin eine hübsche Frau und klug genug, ihn zu einem geeigneten Begleiter zu machen. Er hat mich jedoch insbesondere aus einem anderen Grund ausgewählt. Sie sehen, im Schlafzimmer war er ein Sadist. Er hat es genossen, seine Geliebten körperlich zu verletzen. '

Als Katia und Samantha diese Offenbarung hörten, sahen sie sich schnell an.

Als Virginia dies sah, lachte sie und ihre sanfte, melodiöse Stimme überraschte die Mädchen.

„Nein, meine Lieben, ich bin kein armes Mädchen geworden. Kurz nachdem wir uns getroffen hatten, erzählte er mir alles über seinen Geschmack in "Unterhaltung". Ich war derjenige, der sich freiwillig für ein sehr angenehmes Leben gemeldet hat. Im Gegensatz zu einer misshandelten Frau war ich in der Öffentlichkeit immer aufrichtig fröhlich und liebevoll, immer für Spaß und Spiele von ihm verfügbar, wenn er in der Stimmung war. Als wir herausfanden, dass sie einen nicht operierbaren Tumor in ihrem Gehirn hatte, war sie wirklich schockiert und traurig. Am Ende sagte er, ich sei die einzige Person auf der Welt, mit der er zusammengelebt habe, die aus diesem Grund nicht versucht habe, ihn zu ändern, und zu meiner Überraschung habe er mir alles hinterlassen, was er in seinem Testament hatte. «Sie biss sich auf die Lippe, verloren. wieder in seinen Gedanken.

Plötzlich wurde Virginia munter.

"Tatsächlich", sagte er, "wurden gestern alle technischen rechtlichen Probleme gelöst, und in kurzer Zeit werden die Treuhänder Ihres Nachlasses einen speziellen Link für mich im Intranet des Unternehmens einrichten. Sobald ich mich mit meinem neuen Benutzer unter anmelde." Das mobile Terminal auf diesem Tisch, die Kontrolle über alle Bankkonten meines Mannes, die Patentrechte und die Aktien werden zu meinen Gunsten übertragen.
'

Sie lachte wieder.

„Mein Mann liebte sein Spielzeug so sehr. Das ganze Haus ist mit einem drahtlosen Infrarotnetzwerk ausgestattet. Er hat dieses Terminal überall hin mitgenommen, sogar zur Toilette. «

Virginia Williamson stand auf und drehte sich um.

Der weiche, durchscheinende weiße Stoff ihres Kleides bewegte sich wie eine Wolke, die von einem Windstoß erfasst wurde, und die beiden Mädchen sahen, dass sie einen feinen, gut getönten Körper hatte.

»Ihr zwei könnt mir ein kleines Geschenk sein, um diesen Anlass zu feiern. Eigentlich hat mir ein guter Freund die Idee gegeben. Als ich sagte, ich hätte meinem verstorbenen Mann keinen bösen Willen gewünscht, mich so zu behandeln, wie er mich behandelte, meinte ich es ernst. Es scheint mir jedoch, dass ich tief in meinem Kopf immer das Gefühl hatte, dass andere Frauen mich auslachten und mich störten. «Er sah jedem der Mädchen in die Augen.» Ich sage es mir Ich weiß, dass Millionen von Frauen dasselbe getan hätten, wenn sie meine Chance gehabt hätten, aber ich muss es selbst sehen. "Und sie zeigte auf Samantha und fragte sie zum ersten Mal:„ Verstehst du, was ich will? "

Samantha lächelte und zuckte die Achseln.

„Ich bin hier, damit du eine gute Zeit hast. Wenn du meinen Hintern röten oder mich schlagen willst, gehöre ich dir «, sagte sie und tätschelte ihr Gesäß mit der Hand.

Virginia hob eine elegante Augenbraue und wandte sich dann an Katia.

'Und Sie?'

Katia dachte über Samanthas Haltung nach und dachte darüber nach, was die Frau gesagt hatte.

Er erinnerte sich auch daran, dass Virginia keine erfahrenen Unterwürfigen wollte.

Er trat vor und nahm Virginias Hand in seine.

Er brachte es an seine Lippen, küsste die Fingerspitzen der Frau und drückte dann seine Hand auf die Seite ihres Gesichts.

Langsam fuhr er mit seiner Hand über den Winkel ihres Kiefers und die anmutige Krümmung ihres Halses, bis er auf der oberen Krümmung einer ihrer Brüste ruhte.

„Ich weiß nicht, wie Sadisten spielen, aber ich kenne meinen eigenen Körper. Ich weiß, was sich gut anfühlt und was weh tut. Normalerweise möchten die Leute, dass ich ihnen sage, was sich gut anfühlt und wo ich möchte, dass mein Körper berührt wird. Aber ich werde dir all die weichen, zarten und sensiblen Stellen zeigen, an denen ich stöhnen, weinen und schreien werde. Ich werde mich ausstrecken und öffnen, damit Sie alle geheimen Stellen und feuchten und empfindlichen Stellen mit Ihren Fingern, Händen, Zähnen und Peitschen erreichen können. Ich werde dich küssen und dich lecken, während du mich verletzt. Ich habe einen schönen und sexy Körper und es liegt ganz bei dir, damit zu spielen, wie du willst.'

Virginia sah Katia tief in die Augen und sah Stärke, Entschlossenheit und Humor.

Sie drückte sanft den festen fleischigen Globus unter ihre Handfläche und nickte.

Sie senkte die Hand und rutschte in ihren Sitz zurück.

„Lass mich dich nackt sehen. Ihr beide. Zieh dich aus und stell dich vor mich.'

Sowohl Katia als auch Samantha waren erleichtert, diese vertraute Bitte zu hören.

Das anmutige Ausziehen vor einem Fremden war eines der ersten Dinge, die eine Eskorte lernen konnte.

Samantha zog das Smartphone aus ihrer Taille und reichte es Katia, als sie den Aus-Knopf drückte und die helle LED an der Vorderseite des Geräts ausschaltete.

Sie zwinkerte, betonte die Einhaltung der Vorschriften der Agentur und stellte das Telefon neben dem Computerterminal auf den Tisch.

Samantha zog ihre Kleider aus und warf sie beiseite, als wäre sie froh, sie loszuwerden, wodurch ihr gebräunter und fast fröhlich getönter Körper freigelegt wurde.

Mit einem sicheren, selbstbewussten Schritt trat er von seinen Kleidungsstücken zurück und hielt einen Arm von Virginia entfernt an.

Er fuhr mit seinen Händen leicht über ihre Brüste, über ihre spitzen Brustwarzen und über die wellige Ebene ihres flachen Bauches, bevor er sie arrogant auf ihre Hüften legte.

Katia war weniger Exhibitionistin.

Tatsächlich war es ihr immer etwas peinlich, wenn sie sich vor einem Kunden auszog.

Er faltete jedes Kleidungsstück sorgfältig zusammen und legte es auf einen Stuhl, wodurch sein Körper effizient freigelegt wurde, jedoch ohne das Schauspiel seines Kollegen.

Sie zog ihre High Heels an und schloss sich Samantha vor Virginia an.

Virginia beugte sich in ihrem Sitz vor und streckte die Hand aus, um die festen, glatten Schenkel der beiden Mädchen zu berühren.

Das Gefühl seines warmen Fleisches unter ihren Fingern schien sie zur Realität der Situation zu bringen und ihre Augen leuchteten vor Aufregung.

Ihre Zunge kreuzte ihre Lippen, als sie all ihren rachsüchtigen Fantasien und Bildern vergangener Demütigungen, die von Frauen einer verächtlichen Gesellschaft real oder eingebildet wurden, erlaubte, ihren Geist zu füllen.

Er fuhr mit den Fingern über die seidige Haut ihrer inneren Schenkel und blieb stehen, bevor er ihre Hügel berührte.

"Wir werden ein kleines Spiel spielen", sagte Virginia.

Er griff unter den Couchtisch neben seinem Stuhl und ähnelte einer bösartig aussehenden Reitpeitsche aus glänzendem schwarzem Leder.

„Ich möchte, dass ihr beide ein bisschen mit euch selbst spielt. Bleib genau dort, wo du jetzt bist und spreize deine Beine ein bisschen. '

Er wartete darauf, dass die beiden Mädchen gehorchten und schlurften, bis sie wie Soldaten waren, die sich auf der Parade ausruhten.

"Jetzt benutze die Finger einer Hand, um deine Lippen zu öffnen und mir deine Klitoris zu zeigen", befahl Virginia.

Zusammen streckten Samantha und Katia die Hand aus und spreizten ihre Außenlippen mit Zeige- und Mittelfinger, sodass ihre blassrosa Innenlippen wie ein Paar fleischiger Schmetterlinge aussahen.

Durch leichtes Hochziehen gelang es ihnen, die schützende Hauthaube von ihren Klitoris weg und weg zu hebeln.

"Das ist gut", sagte Virginia. „Jetzt möchte ich, dass beide mit ihren Klitoris spielen. Nicht an einer anderen Stelle berühren. Nur ihre Klitoris. '

Katia legte die Hand vor den Mund, um die Fingerspitze zu schmieren.

Virginia schüttelte den Kopf und sagte:

'Nicht. Tu das nicht. Verwende kein Schmiermittel. ' Sie winkte die Ernte vor ihren Hüften. 'Dies ist ein Wettbewerb. Die Gewinnerin bekommt ihren Preis mit dieser Peitsche in den Arsch ", sagte er grinsend," und der Verlierer wird ihre Muschi hämmern lassen. "

Die beiden Mädchen streichelten vorsichtig ihre Klitoris und zuckten zusammen, als ihre trockenen Finger über die trockene, schmerzhaft empfindliche Haut kratzten.

»Übrigens«, sagte Virginia. „Ich habe nicht entschieden, ob derjenige, der zuerst läuft oder derjenige, der Zweiter wird, der Gewinner sein wird. Vielleicht eine Münze werfen. Aber lassen Sie mich Sie warnen, ich werde jeden bestrafen, der versucht, einen Orgasmus vorzutäuschen oder nicht wirklich versucht zu kommen."

Samantha stöhnte bestürzt, schloss konzentriert die Augen und rieb ihren Finger in kleinen Kreisen um ihren steifen Kitzler.

Katia verwendete eine andere Technik, hielt die Fingerspitze an einem Punkt direkt über ihrer Klitoris und vibrierte ihren Finger in kleinen Bewegungen von einer Seite zur anderen.

Beide Mädchen fanden es sehr schwierig, sich genug zu stimulieren, um ihren Höhepunkt zu erreichen, ohne den Rest ihres Körpers berühren zu können.

Auch der Druck, an einem Wettbewerb teilzunehmen, machte es noch schwieriger.

Und trotz Virginias Warnung hatten beide Mädchen keine andere Wahl, als zuerst zu versuchen, einen Höhepunkt zu erreichen, in der Hoffnung, die schwerste Bestrafung zu vermeiden.

Die Muskeln in Katias Beinen und Gesäß zitterten vor Anstrengung, mit weit auseinander stehenden Füßen zu stehen, als sie sich in einen Orgasmus stürzte.

Er sehnte sich danach, ihre Brüste und Brustwarzen streicheln zu können, und stellte fest, dass die Notwendigkeit, sich nur auf ihren Kitzler zu konzentrieren, es ihr tatsächlich schwerer machte, zu kommen.

Die ständige Reibung seines trockenen Fingers ließ ihren Kitzler schmerzen und Katia wusste, dass sie nicht nur mit Samantha, sondern auch mit ihrem eigenen Körper in einem Rennen war.

Sie musste ihren Höhepunkt erreichen, bevor seine Berührung zu irritierend für sie wurde, um zum Orgasmus zu kommen.

Sie konzentrierte ihre Aufmerksamkeit auf die kleine Knospe, die sich zwischen ihren Fingern ausbreitete, und ließ ihre Gefühle, Scham und Aufregung, sich Virginia auf diese obszöne Weise zu zeigen, auf ihrer Anregung aufbauen.

Tatsächlich spürte sie, wie ihr Kitzler kribbelte, als Virginias Blick über ihren Schritt wanderte.

Jede Bewegung seines Fingers sandte eine vibrierende Vibration durch ihren Körper, die von ihrem super stimulierten Kitzler nach außen strahlte.

Er rannte durch die Wellen der Empfindung und absorbierte den schmerzenden Schmerz von ihrem Kitzler, der Vergnügen und Schmerz verband.

Virginia richtete ihre Aufmerksamkeit auf Samantha, die ihren Kitzler aggressiv drehte, das Unbehagen ignorierte und sich immer stärker rieb.

Sie stützte sich auf die Hüften, drückte sich gegen ihre Hand und schnappte nach Luft.

Ihre Augen schlossen sich und ihre Haut begann vor Anstrengung zu glühen, als sie zum Orgasmus ging.

Die Frau sah fasziniert zu, wie die beiden Mädchen angespannt masturbierten und stöhnten, als sie sich fast gleichzeitig ihrem Höhepunkt näherten.

Er sah, wie Samanthas Augen Katia ansahen, und dann zeigten ihre Zähne ein triumphierendes Lächeln, als die Muskeln in ihrem

Bauch in den kleinen Krampfbewegungen, die ihren Orgasmus anzeigten, zuckten und sich zusammenzogen.

Samanthas Hüften bewegten sich und flachten ab, als würde sie gegen einen unsichtbaren Liebhaber stoßen, und ihre Schenkel schlossen sich und hielten seine Hand zwischen ihnen.

Nur ein paar Sekunden später schrie Katia ohne etwas zu sagen, als ihr vibrierender Finger sie schließlich zum Orgasmus brachte.

Sie taumelte, als das intensive Gefühl ihre Knie schwach machte, aber sie behielt ihre allgemeine Haltung bei und arbeitete weiter an ihrem Kitzler, was dazu führte, dass sich ihr Höhepunkt in eine Reihe von Mini-Orgasmen verwandelte.

Virginia konnte tatsächlich sehen, wie Katias Kitzler pochte und sich bewegte, als sie kam und ging.

Die Öffnung von Katias Vagina schimmerte mit milchigen Flüssigkeiten, die aus ihrem Loch zu lecken drohten und auf den Teppich tropften.

Katia war sich bewusst, dass sie tatsächlich zur Unterhaltung ihrer Klientin auftrat, hielt ihre Position und spreizte ihre Muschi vorsichtig, damit Virginia die steifen Blütenblätter ihrer inneren Lippen und die tiefrote Farbe ihres stimulierten Fleisches sehen konnte.

Sie zuckte geistig bei dem Gedanken zusammen, in ihre Muschi geschlagen zu werden.

Virginia klatschte in die Hände.

'Ladies, Bravo! Das war eine hervorragende Leistung von Ihnen beiden. Dann holte er eine Münze heraus, die er in die Luft warf. 'Und der Gewinner ist: Der letzte! 'Er sagte dieses Weinen dramatisch.

Samantha grunzte angewidert, während Katia erleichtert aufatmete.

Virginia winkte mit ihrer Reitpeitsche und sagte:

»Also gut, verteilen wir die Preise. Katia, du zuerst. Behalte deine Beine wie sie sind und hocke dich hin, um deine sechs Auszeichnungen zu erhalten. '

Katia beugte sich gehorsam vor, legte die Hände auf die Knie und beobachtete mit Angst die böse aussehende Reitpeitsche.

Die Reitpeitsche und ihr Halter gerieten hinter ihr außer Sicht und sie biss erwartungsvoll die Zähne zusammen.

Trotz ihrer verängstigten Konzentration hatte der Schwung der Peitsche durch die Luft kaum Zeit, sich zu registrieren, bevor sie spürte, wie die Peitsche direkt auf ihr Gesäß traf.

Brennender, stechender Schmerz füllte beide Wangen ihres straff gespannten Gesäßes, als sie vom Aufprall nach vorne schaukelte.

"Bitte zählen Sie sie", sagte Virginia und beobachtete die rasche Zunahme der Farbe, die Katias Haut sauber schnitt.

'Einer!' Katia schnappte nach Luft.

SSSSS ... knacken!

'Oh! Zwei'

Der dritte Schlag traf Katia genau an der Kreuzung, an der ihre Schenkel auf ihr Gesäß trafen, und die Spitze der Ernte zog einen kleinen Blutstropfen und malte einen dunkelroten blauen Fleck.

Katia schrie vor Schmerz und ihre Finger ballten sich auf ihren Knien, als sie ihren instinktiven Wunsch bekämpfte, aufzuspringen und ihr verletztes Fleisch zu reiben.

'Drei'.

Die vierte und fünfte Wimper folgten schnell hintereinander und zeichneten zwei weitere gerade purpurrote Linien auf Katias Rücken.

Virginia zielte vorsichtig und warf ihre Peitsche hart für den sechsten und letzten Schlag.

Diesmal traf die Peitsche direkt ein Gesäß, aber die Spitze sank tief in den Spalt zwischen ihnen und biss wild in Katias Loch.

Der Schmerz und der Schock waren zu groß für Katia, die aufsprang und beide Hände ausbreitete, um ihr verletztes Fleisch zu schützen.

Sie behielt jedoch immer noch genug Geistesgegenwart bei, um "Sechs!" und damit seine Tortur beenden.

Virginia fuhr mit der Hand über Katias feurig rote Haut und genoss die Wärme und das Gefühl der steifen, purpurroten Grate, die sie dort erscheinen ließ.

Katia drückte ihren Körper gegen seinen Peiniger, ihre Brüste drückten gegen Virginias Schulter.

"Hat es sehr wehgetan?" Fragte Virginia leise.

Katia schüttelte den Kopf und streichelte den Arm der Frau.

"Es ist egal", antwortete sie, "solange ich glücklich bin."

Er drehte den Kopf, um Virginias Gesicht anzusehen und schenkte ihr ein trauriges Lächeln.

"Du kannst mich ein bisschen mehr schlagen, wenn du willst", bot sie an.

Virginia küsste sie auf die Wange und lächelte zurück.

'Es ist genug für jetzt. Samantha wartet darauf, mit mir zu spielen. '

Sie umarmte Katia.

Das Gefühl und der Geruch des schönen Körpers des Blonden in seinen Armen erfüllten seine Sinne und Virginia konnte fühlen, wie ihr Höschen in ihrem Schritt klebrig wurde.

KAPITEL V

Samantha stand mit verschränkten Armen vor den Brüsten und hatte gesehen, wie Katia mit einem kleinen Lächeln auf ihrem Gesicht verprügelt wurde, aber es verschwand schnell, als die beiden anderen Frauen zu ihr aufblickten.

Er zeigte mit der Nase auf die Reitpeitsche in Virginias Hand und sagte:

„Jetzt bin ich dran, denke ich. Wie soll ich das tragen? Meinen Arsch wie Katia zu heben wird nicht funktionieren, wenn du meine Muschi schlagen willst. '

"Warum schlägst du nicht etwas vor?", Antwortete Virginia und stieß mit der Peitsche in ihrer Handfläche an.

Samantha sah sich im Raum nach Inspiration um.

Als sie erkannte, dass jede Position, in der sie Gleichgewicht und Konzentration zeigen musste, während ihre Genitalien verprügelt wurden, unmöglich beizubehalten war, traf sie ihre Wahl.

„Wie wäre es, wenn ich auf der Couch auf meiner Seite liege? Ich kann mein Bein anheben und spreizen, damit du eine gute Chance hast, meine Muschi zu verprügeln. '

Sie passte ihre Worte an die Tat an und demonstrierte die Haltung, die sie vorgeschlagen hatte.

Mit ihrem Unterarm hinter dem Knie konnte sie sich mit beiden Armen an ihrem Bein festhalten, was ihr helfen würde, ihre Beine offen zu halten, selbst wenn Virginia ihr Geschlecht schlug.

"Das sieht gut aus", sagte Virginia und berührte Samanthas Fotze experimentell mit ihrer Peitsche.

Die Haltung des Mädchens öffnete die Vulva ihres Geschlechts so weit, dass Virginia ihren Scheidengang sehen konnte.

Der Anblick von Samanthas offener Vagina brachte Virginia auf eine Idee und sie wandte sich an Katia, die immer noch sorgfältig ihr schmerzendes Gesäß rieb.

"Katia, ich möchte, dass du etwas für mich tust, während ich Samantha unterhalte."

Katia nickte.

'Natürlich'.

Virginia zeigte mit ihrer Reitpeitsche.

»Sehen Sie den glänzenden schwarz-silbernen Vibrator dort drüben? Ich möchte, dass du es in deine Muschi steckst und einschaltest. Drehen Sie den Drehknopf langsam mit einem Klick. Ich möchte sehen, wie weit du gehst, wenn ich mit Samantha fertig bin. '

Verwirrt sagte Katia "OK" und ging dann zum angegebenen Gerät.

Als er es aufhob, stellte er überrascht fest, dass es schwerer war als erwartet.

Die glänzenden Streifen, die sich über die Länge des Vibrationszylinders erstreckten, bestanden aus Metall und fühlten sich kühl an.

Sie erkannte, dass das Gewicht es schwieriger machen würde, ihn in sich zu halten, wenn sie ihre Beine nicht festhielt.

Katia zuckte mit den Schultern, platzierte die weiche, abgerundete Spitze an der Öffnung ihres Geschlechts und drehte den Vibrator vorsichtig von einer Seite zur anderen, um ihn einzuführen.

Es glitt leicht in ihre Muschi, die noch feucht von ihrer Masturbationssitzung war.

Da Virginia nicht hinschaute, demonstrierte sie nicht das Einsetzen des Geräts, sondern schob es einfach mit einer sanften Bewegung über ihren Körper.

Wenn die Spitze den Gebärmutterhals berührte, wurde nur das gerändelte Einstellrad angezeigt.

Das kalte Gefühl des Metalls tief in ihrem Körper ließ sie zittern.

Katia sah Virginia an, die gerade mit Samanthas Schamlippen spielte und mit der flachen Lederspitze ihrer Peitsche leicht auf die nassen Blütenblätter ihrer inneren Lippen klopfte.

Katia sah zwischen ihren Beinen auf das glänzende schwarze Plastik, das aus ihrem Körper ragte.

Die Anweisungen von Virginia, das Zifferblatt jeweils um einen Klick zu drehen, machten sie vorsichtig und vermuteten, dass der Motor des Vibrators stärker als normal war.

Sie drehte das Zifferblatt und spürte, wie es unter ihren Fingern klickte.

Zu seiner Überraschung war kein Summen oder keine Bewegung erkennbar.

Dann spürte sie das kleine Kribbeln, das durch ihre Vagina lief und dazu führte, dass sich ihre inneren Muskeln auf dem eindringenden Objekt zusammenzogen.

Sie schnappte leise nach Luft und bemerkte, dass der 'Vibrator' überhaupt keinen Motor enthielt.

Das Gewicht, das er gefühlt hatte, war ausschließlich auf eine große Batterie zurückzuführen.

Die Metallstreifen an der Außenseite waren nicht nur Ornamente, sondern elektrische Kontakte.

Er versuchte, den Drehknopf in die andere Richtung zu drehen, um den Kitzelstrom auszuschalten, aber er rührte sich nicht.

Der Schalter wurde so konstruiert, dass er sich nur in eine Richtung dreht, es sei denn, eine verdeckte Verriegelung wurde gelöst.

Vorsichtig drehte Katia das Zifferblatt erneut.

Die Strömung nahm sofort an Stärke zu und war jetzt stark genug, um das Gefühl zu haben, dass Stifte und Nadeln sie in ihre Fotze steckten.

Als er auf das Zifferblatt schaute, weiteten sich seine Augen vor Schock.

Es gab insgesamt zehn Stopps im Quadranten, und wenn der zweite diese Empfindungen hervorrief, würden die höheren Werte einen schweren Schock erzeugen und könnten sogar das Fleisch an den Kontaktpunkten verbrennen.

Kein Wunder, dass Virginia sehen wollte, wie weit Katia gehen würde!

Aber sie war entschlossen, die Frau nicht zu enttäuschen, und drehte das Zifferblatt erneut.

Wie erwartet nahm das Stechen deutlich an Stärke zu und fühlte sich nun wie kleine Ameisenstiche an, die immer weiter gingen.

Er spürte, wie seine Stirn nass wurde und ein schmerzhaftes Pochen begann sich in seinem Unterbauch auszubreiten.

In diesem Moment kam ein lauter Schlag aus dem Raum.

Katia hob den Kopf und sah, wie Samanthas Körper zuckte, als die Ernte ihre rasierte Muschi traf.

Er hörte Virginia sagen:

»Ich überlasse Ihnen die Anzahl der Treffer. Sag mir einfach, wann du genug hast. '

Katia grub ihre Nägel in ihren Oberschenkel und drehte das Zifferblatt erneut.

Der scharfe Schmerz ließ ihn seinen Kopf zurückwerfen und die Finger beider Hände auf die Muskeln seines verletzten Gesäßes drücken.

Dieses Level war das weiteste, das sie nehmen wollte, wenn sie hier stehen und darauf warten wollte, dass Virginia Samantha verprügelt.

Virginia senkte die Peitsche erneut mit einem Ruck ihres Handgelenks und traf Samantha auf ihren beiden prallen Außenlippen.

Mehrere kreuz und quer verlaufende rote Flecken zierten jetzt Samanthas Hügel und ihre inneren Lippen schwollen an, wo die Peitsche sie getroffen hatte.

Samantha hatte ihr Knie an ihr Gesicht gehoben und ihren Oberschenkel mit grimmiger Entschlossenheit an ihre Brust gedrückt.

Er sah mit zusammengekniffenen Augen zu, wie Virginia die Peitsche für einen weiteren Schlag zurückzog.

Die Peitsche blitzte in einem verschwommenen grauen Bogen auf, bevor sie Samanthas Fleisch traf.

Diesmal hatte Virginia die Peitsche so ausgerichtet, dass nur die Spitze ihr Opfer traf, genau an der obersten Stelle ihrer Lippen landete und all ihre Kraft auf und um Samanthas Klitoris ausübte.

Samantha schrie vor Schmerz und ihr freies Bein trat gegen den Stoff der Couch, als wollte sie ihren Peiniger wegschieben.

Der stechende Schmerz der Ernte, die ihren empfindlichen Kitzler traf, war fast unerträglich.

Virginia kniete sich neben Samantha und fragte sie:

"Wie viele davon könnten Sie Ihrer Meinung nach bewältigen?"

Samantha schüttelte den Kopf und keuchte immer noch vor der Qual, die ihren Schritt füllte.

'Ich weiß nicht. Das tut richtig weh'

Böswillig sagte Virginia:

"Gib mir eine Nummer. Wenn es vernünftig ist und du währenddessen still halten kannst, höre ich auf, deine Vagina zu schlagen."

Samantha blinzelte verwirrt, als sie versuchte, die minimale Anzahl von Schlägen auf ihren Kitzler zu bestimmen, die Virginia akzeptieren würde und die sie ertragen konnte, ohne zu brechen.

'Fünf?' sagte sie hoffnungsvoll.

"Das ist ein Deal", sagte Virginia. 'Genau'.

Die Peitsche schnitt durch die Luft und traf wieder das Sexquadrat.

Samantha stöhnte und wand sich auf der Couch. Es fühlte sich an, als wäre ihr Kitzler von einem Messer geschnitten worden.

Der zweite Schlag landete wie ein Feuerstoß auf seiner Leiste.

Die Haut um ihren Kitzler wurde tiefrot und der winzige Sex-Kokon war fast doppelt so groß wie normal.

Trotz ihrer Entschlossenheit ließ Samantha ihr Bein instinktiv fallen, um ihre verletzten Genitalien zu schützen.

"Das ist falsch", tadelte Virginia. "Mal sehen, diesen entzückenden kleinen Kitzler", sagte er und winkte mit der Hand.

Mit einem schluchzenden Stöhnen hob Samantha ihren Oberschenkel hoch und legte ihre Muschi wieder vollständig frei.

Als Virginia die Peitsche schwang und mit einem Übungsschwung auf ihren Kitzler schlug, war Samantha beschämt zu spüren, wie ein kleiner Tropfen Urin aus ihrer Harnröhre austrat, als sie sich von dem beabsichtigten Schlag zurückzog.

Virginia entschied, dass Samantha eine Belohnung für ihre Stärke verdient hatte und steckte die Spitze der quadratischen Peitsche in die Öffnung von Samanthas Vagina.

"Behalte das für mich, Liebes", sagte er, als er den Schaft der Peitsche in ihre offene Fotze stieß.

Virginia ließ die Peitsche wie einen magersüchtigen Penis aus Samanthas Körper herausragen und wandte sich an Katia.

Er umarmte sie, nahm die zitternden Brüste der Blondine in seine Handflächen und spielte mit seinen Daumen an ihren Brustwarzen.

"In welcher Position bist du?" Sie fragte.

"Vier", flüsterte Katia. "Es tut wirklich weh", fügte er hinzu und legte den Kopf schief, "aber ich glaube, ich werde nass."

Als er sie wieder ansah, war ein Ausdruck der Verwirrung in seinen Augen.

Virginia küsste seine nasse Stirn.

Dann fuhr er mit der Hand über Katias Körper, bis die Spitze seines Zeigefingers die Klitoris des Mädchens berührte.

Virginia drückte fest auf die feuchte Knospe und spürte ein kleines Kribbeln an ihrem Finger, das der Rest der stechenden Strömung war, die in Katias Muschi brach.

Er packte den pochenden Kitzler mit Daumen und Finger und drückte seine Lippen gegen Katias Ohr.

„Ich möchte dich ein bisschen mehr verletzen. Darf ich?'

Katia holte tief Luft, stützte sich ab und legte ihre Hände auf Virginias Hüften, als würde sie sich auf den Tanz vorbereiten.

"Du kannst", flüsterte sie ihm zu.

Virginias Lippen drückten sich gegen ihre und sie küssten sich, Zungen verschränkten sich und tasteten.

Zur gleichen Zeit drückte Virginia fest auf den Kitzler des Mädchens, und ihre Nägel bohrten sich in das zarte Fleisch.

Er spürte ihren heißen Atem, als er vor Schmerz nach Luft schnappte, und ihr Stöhnen vibrierte in seinem Mund, als er den exquisit empfindlichen Biss weiter drückte und verdrehte.

In diesem Moment gab das Computerterminal auf dem Tisch in der Nähe einen Piepton von sich.

'Ups, es tut mir leid. Ich muss für einen Moment innehalten. Geldanrufe «, sagte Virginia.

Als er an Samantha vorbeikam, schnappte er sich die Peitsche aus ihrer fleischigen Hülle und versetzte dem erschrockenen Mädchen einen bösen Schlag auf ihren Kitzler.

"Ich möchte nicht, dass dir langweilig wird", sagte er und lachte glücklich.

Virginia bückte sich, um auf den LCD-Bildschirm zu schauen und sah die Nachricht, auf die sie gewartet hatte.

Der blinkende Cursor auf dem Bildschirm markierte die Wörter "Geben Sie Ihr gewünschtes Passwort ein, das nicht weniger als 15 Stellen umfassen darf und Buchstaben und Zahlen enthalten kann".

Er gab sein Passwort ein, das er einige Tage zuvor gewählt hatte, und drückte dann die Eingabetaste.

Der Bildschirm wurde für einen Moment leer und dann 'Herzlichen Glückwunsch. Ihr Passwort wurde akzeptiert. '

Virginia drehte sich um und klatschte entzückt in die Hände.

'Zu guter Letzt!' rief sie aus. "Alles gehört mir schon".

Er ging zurück zu Katia und gab dem Mädchen einen Kuss auf die Wange.

In seiner Freude bemerkte er nicht, dass Samantha von der Couch aufstand und in Richtung Computer starrte.

Plötzlich leuchtete eine grüne LED auf der Vorderseite des Smartphones auf, das sie auf den Tisch gelegt hatte, und Samanthas Gesicht verzog sich zu einem wolfsartigen Grinsen.

Er schob die Peitsche weg, die Virginia auf den Boden gefallen war, und rutschte zu seiner geworfenen Jacke.

Virginia griff nach Katias Brustwarzen, um sie spielerisch zu kneifen, als sie hörte, wie Samantha sich laut mit einem "Ahem!" theatralisch.

Dann sah er, wie Katias Augen sich überrascht weiteten.

KAPITEL VI

Virginia drehte sich um und schnappte nach Luft, als sie Samantha sah, die ihre Jacke wie einen Umhang um die Schultern legte und eine kleine schwarze automatische Pistole in einer Hand hielt.

'Du magst?' Fragte Samantha und winkte mit ihrer Waffe. 'Es ist ein automatischer S & W Bodyguard 380 und passt gut in eine Jackentasche, ohne eine unschöne Ausbuchtung zu verursachen. Und du kannst es nicht einmal sehen! '. Samantha schlug mit der anderen Hand auf die Waffe. "Es tut mir leid, dass ich den Hammer nicht mit einem bedrohlichen Klicken zurückspannen kann, wie sie es im Film tun, und ich habe bereits eine Kugel in die Kammer gelegt, damit ich den Hammer auch nicht zurücksetzen kann, aber ich bin sicher, dass die Damen wissen, was sie haben. was zu tun ist «, sagte er und zeigte mit seiner freien Hand nach oben.

Virginia und Katia hoben die Hände, immer noch geschockt von der plötzlichen Wendung der Ereignisse.

'Verwirrt?' Sagte Samantha. „Da keiner von Ihnen ein Kung-Fu-Experte ist, werde ich mir einen Moment Zeit nehmen, um es zu erklären. Sehen Sie das Smartphone? Es ist eigentlich ein Infrarotempfänger und ein digitales Aufnahmegerät, die mir vom Rechtsberater und Freund Ihres lieben verstorbenen Mannes gegeben wurden. ' Sie lächelte über Virginias schockierten Gesichtsausdruck. „Ja, derselbe Freund, der Ihnen die Idee gegeben hat, uns für Ihren Spaß und Ihre Spiele zu engagieren. Da er derjenige war, der den Vertrag für die Installation des drahtlosen Netzwerksystems in diesem Haus geschrieben hat, hatte er kein Problem damit, die Spezifikationen seines Verschlüsselungssystems zu erhalten und einen geeigneten Analysator zu haben, der wie ein Telefon aussieht.

Samantha drückte ihre Hand mit einem zischenden Schmerz gegen ihre Muschi.

"Sie werden es nicht wagen, diese Waffe hier zu benutzen", sagte Virginia.

„Denkst du an deinen treuen Butler? Fragte Samantha spöttisch. „Als dein Mann dir alles überließ, sank seine Treue plötzlich. Sie verdienen Ihren Anteil, indem Sie sicherstellen, dass keiner der anderen Mitarbeiter anwesend ist, um mitzuerleben, was hier passiert. ' Sie lachte, als Virginias Schultern vor Niederlage sackten. "In einem Moment drücke ich auf die Schaltfläche" Senden "am Telefon und meine Partner erhalten Ihr verschlüsseltes Passwort und beginnen mit der Überweisung Ihres ... ich meine ... unseres Geldes für ihr neues Zuhause."

"Warum all dieses Theater?" Fragte Katia. "Von Anfang an hätten Sie diese Waffe auf Virginia richten und sie bitten können, Ihnen das Passwort zu geben."

Virginia nickte zustimmend.

"Es tut mir leid, aber ich konnte nicht", sagte Samantha kopfschüttelnd. "Wir wissen alles über den automatischen Alarm, der ausgelöst wird, wenn das falsche Passwort eingegeben wird oder wenn ein bestimmtes Notfallcodewort verwendet wird."

'Was passiert jetzt?' Sagte Katia.

Samantha schüttelte traurig den Kopf.

'Es wird einen schrecklichen Skandal geben. Die reiche perverse Frau engagiert eine Prostituierte für BDSM-Sexspiele. Die Hure widerspricht einer rauen Behandlung und zieht eine Waffe heraus. Sie kämpfen und die reiche Dame wird erschossen. Aufgrund des kleinen Kalibers der Pistole gelingt es der verletzten reichen Dame jedoch, die Waffe zu schnappen und die Hure ins Herz zu schießen, bevor sie selbst stirbt. ' Samantha berührte wieder sanft ihren geschwollenen Kitzler. „Und ich denke, du wirst die ungewöhnliche Ehre haben, in die Fotze geschossen zu werden", knurrte sie. »Spreiz deine Beine, Virginia. Ich möchte einen schönen, sauberen Schuss bekommen. '

"Was ist, wenn ich mich weigere?" Fragte Virginia und ihr Gesicht wurde blass.

Samantha zuckte beiläufig die Achseln.

„Ich habe viele Kugeln. Es macht mir nichts aus, dich zuerst in die Knie und Schultern zu schießen. '

Tränen der Angst und Hilflosigkeit liefen Virginia über das Gesicht, als sie langsam ihre Füße wegschob.

"Hey, Samantha ... könnte ich dich um einen Gefallen bitten, bevor du mich erschießt?" Katia sagte, anscheinend mit ihrem Schicksal resigniert.

'Was?'

"Könntest du das wenigstens aus meiner Muschi bekommen, bevor es passiert?" Antwortete Katia und zeigte auf den Dildo, der immer noch in ihre Muschi eingebettet war.

Samantha lachte.

"Es würde Spaß machen, wenn dein Körper das Ding noch darin finden würde, aber ... OK, du kannst es herausnehmen", sagte er großmütig.

Katia wusste, dass sie nur eine Überlebenschance haben würde.

Es würde jedoch von seiner Fähigkeit abhängen, Schmerzen zu ertragen, ohne etwas auf seinem Gesicht zu zeigen.

Er griff zwischen ihre Beine und ergriff mit einer Hand das Ende des Dildos und mit der anderen das Einstellrad.

»Lass mich das verdammte Ding zuerst ausschalten«, murmelte sie.

Katia biss die Zähne zusammen und drehte das Zifferblatt mit einer scharfen Drehung ihres Handgelenks auf '10'.

Die Strömung breitete sich über die Wände ihrer feuchten Muschi aus und verursachte kleine Verbrennungen in ihr, als sie den Dildo herauszog.

Katia hielt den Drang zum Schreien zurück, hob das undichte Foltergerät auf und warf es Samantha beiläufig zu und sagte:

"Wenn du willst, kannst du es haben."

Überrascht schlug Samantha auf das Flugobjekt.

Als seine Finger die nassen Metallkontakte berührten, tauchte ein hellvioletter Funke auf, der einen brennenden Schlag durch seine Hand und seinen Arm sandte.

Sie schrie vor der Explosion elektrischer Energie, die durch ihren Körper schoss.

Die Kraft war eigentlich zu gering, um bleibenden Schaden zu verursachen, aber sie war für eine Sekunde fassungslos, lange genug, dass Katia nach vorne springen und die Hand greifen konnte, die die Waffe hielt.

Samanthas Finger ruckte am Abzug und eine 0,390-mm-Kugel schoss an Katias Ohr vorbei.

Obwohl die Kugel keinen Schaden anrichtete, war sie von der Explosion der Kanone so nah an ihrem Kopf verblüfft.

Benommen konnte sie Samantha davon abhalten, sie erneut zu erschießen, aber sie konnte ihrem Gegner die Waffe nicht wegnehmen.

Einige Sekunden lang kämpften die beiden Mädchen, aber mit einer gezielten Drehung ihrer Arme gelang es Samantha, sich zu befreien.

Katia starrte auf das kleine schwarze Loch in der Spitze der Waffe, als sie sich mit seinem Auge ausrichtete.

Es gab ein lautes Knacken und Katia sah sich verwirrt um, als sie bemerkte, dass sie noch lebte.

Samantha fiel zu Boden und enthüllte Virginia, die die zerbrochene Laptoptasche mit beiden Händen hielt, nachdem sie das elektronische Gerät als sehr effektiven Schläger benutzt hatte.

"Mein Mann hat immer gesagt, dass Computer sehr gesundheitsschädlich sein könnten", keuchte Virginia und ließ den jetzt nutzlosen Computer auf den Kopf der bewusstlosen Samantha fallen.

KAPITEL VII

Die Polizei kam sofort nach Virginias Anruf und nahm Samantha und den verräterischen Butler mit.

Nachdem sie ihre Aussagen gemacht hatten, verließ die Polizei die beiden Frauen, um sich zu erholen, beraten von neuen Anwälten in Virginia.

Katia ließ sich mit einem Glas Brandy in der Hand auf das Sofa fallen.

'Was geschieht?' Fragte Virginia und setzte sich neben ihn.

„Nun, da mein Chef im Gefängnis war und seine Firma geschlossen war, war ich arbeitslos. Ohne Sponsor muss ich Großbritannien verlassen und nach Europa zurückkehren ", seufzte Katia.

Virginia musterte die schöne Blondine für einen Moment und lächelte dann.

»Mein Ex-Anwalt war vielleicht ein Dieb, aber er hatte eine gute Idee. Ich habe mich wirklich so amüsiert, dass Samantha beschlossen hat, das Drehbuch der Situation zu ändern. '

„Du meinst, du würdest mich einstellen? fragte Katia hoffnungsvoll.

„Ich habe immer noch viel Frust zu spielen und du hast viel mehr Spaß gemacht als Samantha. Also was denkst du? 'Virginia antwortete.

Katia war für einen Moment nachdenklich und spürte immer noch den Schmerz tief in ihrer Muschi.

Dann lächelte sie und sah sich im Raum um.

"Wo ist diese Peitsche geblieben?"

"Also wirst du bleiben?" Fragte Virginia.

"Ich wollte immer Therapeutin werden", antwortete Katia, winkte mit der Peitsche und lächelte triumphierend.

ENDE

57

UNTERWÜRFIGE
ERIKA SANDERS

Ich wünsche dir.

Alles über dich.

Von Kopf bis Fuß und alles dazwischen.

Dein Körper, dein Geist, deine Seele.

Die Unvollkommenheiten, die du hasst, die ich nicht hasse.

Ich liebe jeden Teil von dir, so wie du bist.

Besonders dieser Arsch.

Ich will bei dir bleiben.

Die ganze Zeit.

Es ist egal, wo du bist.

Meine Gedanken wandern, ausgelöst durch einen Gedanken oder ein Bild.

Ein Lied.

Ihre Initialen auf einem Nummernschild.

Ein einfaches Wort, das im Vorbeigehen gesprochen wird und für Sie beide eine besondere Bedeutung hat.

Ein Fremder, der Haare trägt wie Sie.

Gekleidet wie du.

Ich möchte deine Stimme hören.

Wenn du mich mit deinen Kosenamen anrufst.

Sag mir, dass du mich liebst, dass du mich vermisst.

Beschreibe, wie dein Tag war.

Fragen Sie mich nach meiner und geben Sie mir Ihre Meinung.

Teilen Sie mit, was wir tun oder planen.

Sogar das Alltägliche.

Verführe mich spät in der Nacht, während ich nackt im Dunkeln im Bett liege und du meilenweit entfernt bist.

Sei hart zu mir, wenn ich verwöhnt werde und schmolle, um das Telefon zum Schlafen aufzulegen oder dich für die Arbeit vorzubereiten.

Ich möchte, dass Ihr Interieur schriftlich geöffnet wird.

Ich genieße jede neue Nachricht und jedes neue Foto.

Ich überprüfe vergangene Gespräche.

Ich erinnere mich, dass Sie immer noch an mich denken, wenn wir physisch nicht zusammen sind.

Das kann mit einer Berührung Ihrer Finger da sein.

Deine Worte sind stark, obwohl es keinen Ton gibt; Sie berühren mich im Hintergrund, als hättest du sie mir direkt ins Ohr gesagt.

Ich möchte meine Romane mit Ihnen besprechen.

Schlagen Sie mir Ideen vor, während wir die Handlungs- und Charakternamen erarbeiten.

Problembereiche beseitigen.

Schwindel mit den Kommentaren und Meinungen der Fans.

Besänftige meine Wut und Verwirrung, wenn gesichtslose und herzlose Leser meine Geschichten ohne guten Grund kritisieren.

Und ich schreibe weiterhin einen Tag mit Ihrer Ermutigung.

Ich möchte von dir gezähmt werden.

Kochen und Hausarbeit machen.

Besorgungen machen.

Tanzen gehen, einen Film sehen und Ausflüge machen.

Kuscheln Sie sich einfach und machen Sie an einem regnerischen Wochenende ein Nickerchen auf der Couch.

Rufen Sie mich an, um den ganzen Tag unter Deckenstapeln im Bett zu schlafen.

Schlafen Sie nachts in den Armen des anderen ein und wachen Sie dann morgens nebeneinander auf.

Zusammen duschen.

Haben Sie Make-up Sex, wenn wir kämpfen.

Ich möchte von dir geküsst werden.

Wiederholt.

Zärtlich und grob.

Sie wissen, wie man sich über mich lustig macht.

Befriedige mich.

Weck mich mit deinen Lippen, Zähnen und Zunge auf.

Um mich zum Weinen und Stöhnen zu bringen.

Flehen.

Mein Körper zittert.

Ich möchte versaute Dinge mit dir machen.

Nehmen Sie an Mahlzeiten und Veranstaltungen teil.

Finde Freunde in deinem Lebensstil.

Nimm an Sexspielen auf Partys teil.

Entdecken Sie weitere geheime Wünsche.

Löse unsere Hemmungen.

Entdecken Sie unsere dunkleren Seiten.

Nehmen Sie sich gegenseitig an die Spitze der Höhen und trösten Sie sich dann gegenseitig, wenn wir auf die tiefsten Tiefen fallen.

Ich möchte von dir dominiert werden.

Er knurrte, weil ich dein bin.

Du lässt meinen Puls rasen und meine Atmung aufhören, wenn ich deine Befehle höre.

Lautlos oder abrupt lassen mich beide Situationen rot werden.

Ich möchte wirklich, dass du mich mit deinem Schwanz zwischen meinen Beinen an die Wand drückst und gegen meine Muschi drückst.

Dass du mir befiehlst, dich zu ficken ... nur zu kommen, wenn du es sagst.

Ich habe keine andere Wahl, als nachzugeben, wenn Sie meine Ohren, meinen Hals und meine Brüste mit Ihrem Mund quälen.

Oder wenn ich deine Hände auf meinem Körper spüre, während du deine beanspruchst.

Meine Brust schwillt vor Stolz an, wenn Sie sagen, dass ich ein "gutes Mädchen" bin, um zu tun, was Sie wollen.

Ich möchte von dir gefesselt werden.

Physisch.

Geistig.

Mit Ihren Händen, Handschellen oder Seilen.

Meine Handgelenke hielten sich in deinem Griff über meinem Kopf oder waren am Kopf des Bettes befestigt.

Eingeschränkte Beine, zusammen oder auseinander.

Meine Bewegungen und Reflexe werden kontrolliert.

Jede Chance, dich zu berühren, ist ausgeschlossen.

Eine Augenbinde über meinen Augen, damit ich nicht sehen kann, was du mir antun wirst.

Ich will von dir gefickt werden.

Nackt und überwältigt unter deinem Körper, während du mich wegfegst.

Steh frei von Fesseln ohne eine Berührung von einem von euch und benutze nur deine Worte, um mich zu winden und zu stöhnen, während du mich auf entzückende Weise verarschst.

Oder die einfachen, leichten Berührungen, die Sie entdeckt haben, bringen mehrere Orgasmen hervor, egal wo Sie meinen Körper streicheln.

Ich möchte, dass du mich benutzt.

Nach Belieben von einem Ort zum anderen gezogen werden.

Überwältigt, wenn ich kämpfe.

Mein nackter Arsch schlug, während er mich hielt.

Meine Spielsachen haben mich benutzt ... von dir.

Deine Hand packte meine Haare in meinem Nacken.

Drücke leicht auf meinen Hals, während du mir in die Augen schaust.

Um mich daran zu erinnern, wer verantwortlich ist.

Ich möchte deine Regeln befolgen.

Wenn Sie außerhalb meiner Reichweite sind, geben sie mir etwas, auf das ich mich konzentrieren kann.

Sie werden mit meinem besten Interesse definiert.

Ich weiß, dass Sie entsprechend diszipliniert werden, wenn ich sie breche.

Dass du mir vertraust, ehrlich zu dir zu sein, wenn ich dir nicht gehorcht habe.

Ich möchte, dass du mich tröstest.

An dich gekuschelt, wenn ich überwältigt bin oder einen schlechten Tag habe.

Mein Haar streichelte und küsste mich mit meinem Kopf unter deinem Kinn gegen deine Brust.

Beruhigt durch deine Worte und deine Arme um mich.

Schaukeln, bis die Tränen aufhören.

Ich möchte mich um dich kümmern.

Um dich zu umarmen, wenn du traurig, müde oder krank bist.

Ich werde deine Stärke sein, jemand, auf den du dich stützen kannst, denn selbst ein Dom kann schwache Momente haben.

Als Ihr Sub bin ich für Sie da, in jeder Situation, in der Sie mich brauchen.

Um Ihnen zu gefallen oder Ihre Schmerzen zu lindern.

Ich will all diese Dinge und mehr.

Weil ich so unterwürfig bin.

Als deine Dominante ...

ENDE